LE TABLEAV FVNESTE DES HARPIES DE L'ESTAT ET DES TYRANS DV PEVPLE.

ET NOTAMENT CELVY DE LEVR PRINCIPAL Chef, contenant les plus grands maux qu'il a commis dans l'Europe.

I. L'auerſion que luy & les ſiens ont touſiours eu contre les François, comme eſtans Eſpagnols naturels.

II. Les pernicieux enſeignemens que ſon Pere Porcini luy a donnés.

III. Le notable aſſaſſinat commis dans Rome par ſes menées, ſur la perſonne du Sieur Franciſco Pamphilio, nepueu du Cardinal de meſme nom, tenant à preſent le Siege Apoſtolique, ſous le nom d'Innocent X.

IV. Sa deputation à Cazal par le Pape Vrbain VIII. apres ledit aſſaſſinat, où il ſeruit la Couronne d'Eſpagne plus que celle de France.

V. Sa venuë en France à la ſuite du Cardinal de Richelieu, qui le mit dans l'eſprit de Louys XIII. d'heureuſe memoire.

VI. Sa promotion au Cardinalat, contre les reſiſtances du Pape & des Cardinaux.

VII. Son Miniſtere en France apres le deceds de Louys XIII.

VIII. Ce qu'il a fait contre la Maiſon de Vandoſme.

IX. Ce qu'il a fait contre la Maiſon de Condé.

X. Ce qu'il a fait contre les Parlemens.

XI. Les guerres qu'il a fomentées dans tous les Eſtats, pour ſon ſeul interreſt.

XII. Son ingratitude enuers la France, aſſiſtant maintenant ſes ennemis par ſes conſeils & les threſors qu'il luy a volez.

En fin l'Abregé de ſes plus notables actions, diuiſé par Iournées & Entretiens d'vn Gentil-homme François & d'vn Venitien.

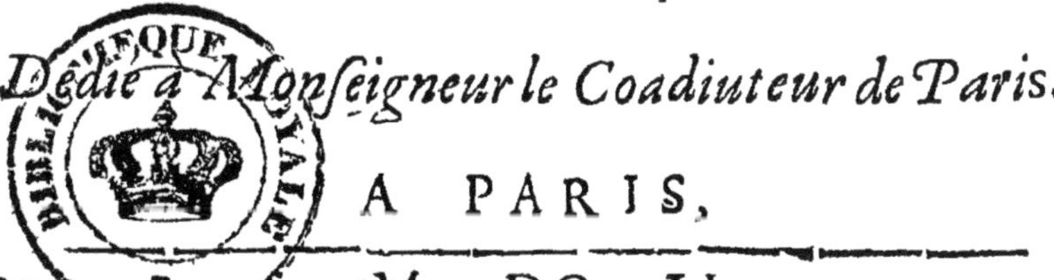

Dedié à Monſeigneur le Coadiuteur de Paris.

A PARIS,

M. DC. LI.

A MONSEIGNEVR L'ARCHEVESQVE DE CORINTHE, ET COADIVTEVR DE PARIS.

ONSEIGNEVR,

I'ay deu auoir iuste suiet d'apprehender que vous n'approuueriez pas le dessein que i'ay pris de vous dedier dans ce petit volume, l'Histoire du Cardinal Mazarin, *que i'ay entrepris d'exposer au public, dans toutes les plus viues couleurs qu'il me sera possible, & luy representer ses actions, auec autant de naïfueté qu'il les a faites auec artifice, fourberie & deguisement. Et certaine-*

ment, MONSEIGNEVR, ie serois le plus coupable du monde, si faisant l'Histoire du plus pernicieux homme de la nature, i'osois vous le proposer pour modele & pour exemple: bien au contraire, comme l'experience nous fait toucher au doigt les veritez qui se retreuuent dans la nature, & que les couleurs ne paroissent iamais auec plus d'esclat & plus de relief que lors qu'on les fait voir dans vne iuste distance, aupres de leurs contraires; de mesme, si ie ne craignois de paroistre trop complaisant, ie voudrois faire grauer des medailles, où d'vn costé l'on verroit vostre effigie, & de l'autre celle du Cardinal Mazarin, à l'imitation de ces Anciens qui eurent bien la curiosité de grauer sur l'airain, l'image du grand Hercule, la terreur des monstres de la terre, & le plus vaillant homme du monde, & sur le reuers celle d'vn Thersite, le plus lâche personnage qui ait iamais esté sous le Ciel: Et les Romains pareillement en firent imprimer dautres, où d'vn costé l'on voyoit la teste d'vn oignon, & de l'autre vne tres-belle rose, tout à fait differents dans leurs qualités, puisque celuy-là est tres-insuportable à la veuë, & fait pleurer tout le monde; & celle-cy au contraire, est tres-agreable à voir, & récrée les yeux d'vn chacun dans vn beau iour Printanier, pour nous montrer sans doute par là le meslange qui se fait dans ce monde du bien & du mal, & que la vie des meschans est tousiours pesle-mesle auec celle des bons. Ie pourois neantmoins sans trop de complaisance, opposer à sa cruauté & à sa tyrannie vostre douceur, & la tendre affection que vous auez tousiours feurs eu pour le peuple de Paris; à son auarice extresme vostre grande liberalité; à la bassesse de son sang & à sa vile extraction, vostre grande naissance, & vostre Illustre Noblesse; à son absurdité & à son ignorance, vostre science & vostre doctrine; à ses fourberies & à ses trahisons, vostre candeur & vostre fidelité; à ses voleries, la netteté de vos mains; à ses simonies, l'innocence de vostre cœur; à sa lascheté, vostre constance; à sa bestise, vostre grand esprit; & à sa dignité, dont il est tres-indigne, l'honneur que vous auez d'estre Prestre, celuy de Docteur de Sorbonne, d'Abbé, & de Prelat de l'Eglise, & vn iour celuy d'Archeuesque de la premiere ville du monde, apres lequel vous ne pouuez rien souhaiter ny rien pretendre de plus beau, de plus honneste, de plus illustre & de plus honorable. Ne rougissez point, MONSEIGNEVR, ie ne dis que la verité toute pure & sans aucune flaterie: millefois ie me suis veu remply d'estonnement, considerant comme vostre esprit a tousiours demeuré ferme & inesbranlable à ses supercheries & à ses allechemens: Et comme vn rocher au milieu des flots de la mer, se mocque de tous leurs vains efforts, ainsi vous auez regardé auec mepris l'éclat de ses grandes richesses & les faueurs de sa vaine fortune: bien esloigné des lasches sentimens de ces petits meschans esprits indignes du nom François, & de la dignité qu'ils portent, qui remplis de fumée & de vent, ont par souplesse & par dol, plie le genoüil deuant luy, & ont adoré ce veau d'or; mesme pendant le blocus de Paris, luy ont seruy de conseillers & d'espions; & par ce moyen ont esté les cruels in-

ſtruments de ſa tyrannie & de ſa cruauté. Ie diray vn mot du ſiege de Paris, puiſque l'occaſion s'en preſente. On vous a veu ſous les armes, MONSEIGNEVR, à la teſte de vos Regimens que vous auez entretenus, & pour les entretenir, auez employé ce que vous auiez de plus cher. Vos ennemys s'en ſont eſtonnés & s'en ſont voulu mocquer; mais les gens de bien, & ceux qui ſçauent iuger des actions d'autruy ſans intereſt & ſans paſſion, vous ont regardé comvn Aaron parmy les dangers, conduiſant le peuple de Dieu dans l'inconſtance des mers & l'obſcurité des deſerts; Cependant qu'vn autre grand Perſonnage de noſtre France eſtoit leur Moiſe & leur Protecteur. Pour moy ie vous conſiderois auec admiration comme vn bon & fidelle Paſteur autour de ſon Bercail, conduiſant auec grand ſoin voſtre troupeau, & le nourriſſant de vos biens & de vos conſeils. En vn mot, on peut dire ſans vous trop loüer, que vous aués reſiſté auec tant de vigueur à tous ſes mauuais deſſeins, & ſi genereuſement contrequarré toutes ſes pernicieuſes maximes, que vous eſtes l'eſceüil, contre lequel il a eſchoüé & fait ſon dernier naufrage. Vous aués frondé auec tant de droit & de iuſtice, que comme vn autre Dauid, vous aués abbatu ce Geant, & coupé la teſte à cét autheur de nos ſouffrances & de nos miſeres. Frondez touſiours, MONSEIGNEVR, frondez iuſques au bout & ſans relaſche, abbatés entierement les teſtes de cette Hydre renaiſſante; couppés les branches à ce funeſte Cyprés, & iamais on ne verra de ſes reiettons. Les femmes d'Iſraël autrefois chantoient publiquement les loüan-

ges de leurs Roys, apres leurs glorieuses victoires; vn, disoient-elles, en a tué mille, mais l'autre par la seule force de son bras en a fait mourir dix mille. Nous pourrons dire dans nos histoires, que de ce seul coup d'essay vous auez abbatu la teste d'vn million de fripons, de harpies de l'Estat, de sangsuës du peuple, & de mengeurs de Chrestiens, qui suiuant la fortune de ce Tyran par leurs partis, prests, monopoles, intendances & inuentions diaboliques, ont entierement desolé nos Prouinces, & ruiné sans ressource nostre pauure France. Frondez encor vne fois, MONSEIGNEVR, & ioignant la iustice de l'Eglise, au pouuoir de la Noblesse; pourchassez vigoureusement l'Erection & l'establissement d'vne Chambre de Iustice, pour faire rendre gorge iusqu'au dernier denier à ces cormorans qui ont tout l'argent & les finances de l'Estat. Toute la France benira vostre memoire plus d'vn siecle; les gens de bien vous regarderont comme vn homme descendu du Ciel; comme vn Antigone parmy les Grecs, & comme vn Caton parmy les Romains; Et le Roy mesme reconnoissant vn iour les bons seruices que vous aurez rendus à son Estat, ne vous en aura pas de petites obligations. Mais pour faire vne parfaite entithese des belles qualitez du Mazarin, ie pouuois faire paroistre sa vanité & son extresme superbe, que tout le monde a remarqué dans ses armoiries, où il a exposé vne hache, parmy des faisseaux, qui sont les armes des Romains, autrefois les Arbitres & les Souuerains de toute la terre; bien contraire veritablement aux sentiments d'humilité qu'eust cét Euesque de Mayence, *qui estant sorty d'vn Charron prit pour ses armes des roües, & des essieux. Luy qui est la haine du peuple & le rebut de toutes les nations, qui ne treuue point d'azile ny de retraite asseurée en aucune contrée de la terre, pource que c'est l'ennemy de la paix generalle; & le fomenteur des guerres de l'Europe. En vn mot,* MONSEIGNEVR, *si cette verité de la morale passe pour infaillible dans l'ordre des actions humaines: que la fin est la premiere intentée, & la derniere executée: mon dessein a esté dans le commencement de ce petit ouurage de preuenir dans vostre esprit les sentimens, dont les grands sont imbus, s'immaginans que les autheurs qui leur consacrent leur trauail, n'ont point d'autre but que l'espoir du lucre, & de la recompense. Ie vous supplie tres-humblement de croire, que ie n'ay iamais eu le cœur si lasche & si mercenaire, qu'en tout ce que i'ay trauaillé, i'ay eu seulement la pensée de rien esperer, ny de rien pretendre; que ie trauaille pour ma satisfaction & pour la posterité; & enfin que ie ne recherche en tout cecy que l'honneur de vos bonnes graces, dans la confiance que i'ay, que vous offrant mes tres-humbles respects, vous me permetrez de prendre la qualité de,*

MONSEIGNEVR,

Vostre tres-humble & tres-obeissant seruiteur, S. C. sieur D. P. & l'Anti-Mazarin.

Aduis au Lecteur.

AMy, ou Ennemy Lecteur, qui que tu sois, Royaliste Frondeur, bon Parlementaire: ou Cardinaliste, Mazariniste, Partialiste, Machiaueliste, Atheiste: ou Moliniste, Iansenifte: bref toute la liste des Partisans, Maltotiers, monopoleurs, donneurs d'aduis, Presteurs, Vsuriers, Traittans, Soutraitans, Commis, sous Commis, Hommes d'affaires,, Intendans, Surintendans, Fuzeliers, Harpies de l'Estat, Sangsues du peuple, Antropophages, Mangeurs de Chrestiens, Pestes des Prouinces, Potyrons d'esté venus de neant, Suppots du Partisan la Ralliere, Mesureurs, Iaugeurs, Marqueurs, Courtiers du vin, Rats de caue, Maltotiers sur le sel, sur le bois, sur le charbon, sur l'auoine, sur le foin, sur le papier, sur les cartes, sur le pied fourché sur les bestes a corne (sans y comprendre les hommes à corne) Maltotiers sur toutes les denrées, œufs, beurre, fromage qui entrent par les quinze-vingts portes de cette Ville, pour seruir d'aliments à tant de millions d'ames qui viuent dans cet incomparable racourcy de l'Vniuers, enfin hommes & femmes, qui ont apris A. B. C. Aux vns honneur, paix & benediction, aux autres infamie, guerre & malediction. Si tu me demande mon nom, ie te respons que ie me surnomme l'anti Mazarin, & comme la memoire de l'Antechrist est tres odieuse à tout le Christianisme, en general & en particulier, quoy que cette engence de demons ne soit pas encore dans la nature pour combales veritez Euangeliques de l'homme le plus iuste qui ait iamais esté ny pû estre dans le monde: ainsi ie pretends en quelque façon de laisser ma memoire dans le cœur & dans l'estime de tous les bons François, preſans & auenir, non point par autre raiſon, ſinon que ie leur ay fait imprimer la vie du plus meſchant homme qui ait iamais conuercé parmi eux, du plus mortel ennemi qui ait iamais eſpuiſé leurs biens & leur ſang, & du plus inique tyran, qui depuis treze cens ans ait tenu ny manie le timon de leur Eſtat; & à meſure qu'ils deteſteront Mazarin en liſant les veritez de ma poëſie, à meſme tẽps auſſi leur bien veillance & leur amitié redondera ſur l'Anti-Mazarin, lors meſme qu'il ſera dans les ſpacieuſes Villes, Citez & Vniuerſitez de l'autre monde. Si ta curioſité te porte à vouloir ſçauoir qui ie ſuis, ie te diray en peu de mots, qu'autrefois i'ay eſté homme d'eſpée, maintenant de robbe longue, mais faute de chaiſe ou de caroſſe, mais non pas de crotte, ie vay le plus ſouuent en habit court. Pour les qualitez de mon eſprit, elles ſont ſi petites, qu'elles ne meritent pas ton entretien; mais maiſtreſſes paſſions ſont l'amour de la muſique, du ieu, & des belles choſes; Enfin pour les qualitez de mon corps, la nature a eſté ſi peu liberale en mon endroit, qu'elles ſont plutoſt laides qu'agreables, ſinon peut-eſtre que i'ay le nez à la Borromée, la bouche aſſez grande pour aualer vn grand verre de vin tout d'vn trait & ſans perdre halaine, les cheueux noirs, & la main plus propre à donner qu'à receuoir, ſuiuant l'humeur chaude & prompte du pais Lionnois. Voilà l'Anti-Mazarin qui t'expoſe en vers François, non burleſques, l'Hiſtoire de la vie du Cardinal Mazarin, contenant tout ce qu'il a fait en France, qui eſt le triſte theatre de ſa cruauté & de ſa tyrannie. Si tu m'oppoſes pour raiſon que tout ce qu'on ſcauroit dire ſur ce ſuiet à eſté deſia rebatu dans mille pieces qui ont couru par tous les carrefours de cette Ville, & d'icy ſe ſont diſperſées par tout le monde? ie te reſpons que tout ce que tu as veu, ſoit en proſe, ſoit en vers burleſques ou autres pieces detachées de diuers Autheurs, tu le pourras auoir dans vn ſeul volume &

par la main d'vn ſeul Autheur, dont peut eſtre la Poë-ſie, te ſatisfera dans la declaration naifue des actions de ce Tyran François. Dans le premier trait de pinceau, tu verras les faits heroiques de ſon ayeul & de ſon pere, les pernicieux enſeignemens que celuy-cy luy a laiſſé pour paruenir à vne haute fortune, tirez ſans doute de l'Aretin ou du Machiauel. Dans la ſuitte ie n'oublieray pas d'y inſerer les iniures atroces qu'il a vomy contre les iuſtes Senateurs de cet Auguſte Parlement, leur donnant fauſſement les qualitez de Farfax & de Paricides: Et encore apres celà, les voleurs de Mazarins, les Partiſans de ſa fortune, & les Monopoleurs, eſperent & publient hautement qu'il reuiendra encore vne fois dãs Paris, & qu'il y fera bien couper des teſtes, & que ſi iamais il y reuient &c. Mais ie m'enporte icy, Amy Lecteur, ie te prie d'excuſer mon zele. En vn mot ſur ce ſuiet, i'eſpere de compoſer vn liure auſſi gros que Plutarque, ou le Saint Auguſtin, que tu pouras receuoir par diuerſes repriſes, & en pluſieurs feüilles d'abord qu'elles ſortiront deſſous la preſſe: quoy que ces iours paſſez quelques certains Inquiſiteurs de la foy Mazarine, ayent fait defences aux Imprimeurs de ne rien publier contre Iules Mazarin, diſans qu'il ne falloit plus parler contre cet homme là, qu'on en auoit aſſes dit, & qu'on n'en ſçauroit dire d'auantage, menaçans de faire pendre & roüer les contreuenans; & en effet au meſme temps quelques vns diceux trouuant la coppie d'vne piece que ie fis publier dernierement, l'emporterent malgré tous les efforts de mon Imprimeur: i'eſtois abſent, Amy Lecteur, lors qu'ils rauirent d'entre ſes mains les productions & les chers enfans de mon eſprit, & ſi peut-eſtre ie m'y eſtois rencontré, ie n'aurois pas moins fait qu'vne lionne qui voit enleuer ſes lionceaux par vne troupe de chaſſeurs. Ie rencontray mon ouurier plus épouuenté qu'vn lieure qui vient d'eſchaper d'entre les pates d'vne meutte de chiens Quoy (luy disie) pour l'asseurer, il ne me sera pas permis d'écrire & faire imprimer contre vn homme qui a esté banny de la France comme vn voleur & par Arrest du Parlement, excomunié dans les Paroisses comme vn demon, & proclamé à son de trompe par tous les carrefours de cette ville, comme le plus infame scelerat qui ait iamais regardé le soleil, dont les rayons ne l'ont iamais éclairé qu'à regret, & parce qu'il conuersoit parmy d'autres hõmes peut-estre meilleurs que luy. Eternellement on declamera contre cet ennemy de la France, & quand les hommes se tairont, les pierres mesme parleront contre luy & contre tous ces adherans. Enfin ie le persuaday si bien qu'il reprit ses esprits, mit la main à l'œuure, & se resolut d'acheuer mon trauail & le sien. Voilà tout ce que i'auois à te dire sur ce sujet: la seule grace que i'attens de ta courtoisie, c'est de corriger hardiment mes fautes, qui sont en plus grand nombre mille fois que celles de l'Imprimeur. Adieu Amy Lecteur, à toy seul soit honneur, paix & benediction; & à mon ennemy infamie, guerre & malediction.

LE TABLEAV FVNESTE DES HARPIES DE L'ESTAT ET DES TYRANS DV PEVPLE.

Le Gentil-homme François.

GRand Dieu, mon extreme foiblesse
Fait que i'adore tes Conseils,
Tes iugemens sont nompareils
Et tes Arrests pleins de sagesse:
Mon œil trop foible & trop pesant
Se perd au dela du present,
Et regardant l'ordre des causes
Que ta main dispose en leurs rangs,
Il voit que dans les moindres choses
Elle abbat l'orgueil des plus grands.

Toute la preuoyance humaine
Voit auorter tous ses desseins,
Si tu ne la tiens dans tes mains
Comme vn Aueugle que l'on meine:
Les clair-voyans sont des Hibous
Et les plus sages sont des fous;
Ils perissent dans leurs maximes
Apres vn lâche repentir,
Et toutes leurs grandeurs sublimes
Ne sçauroient les en garentir.

Le Venitien.

On connoist bien sans voir la suitte
De vostre discours affecté
Qu'il est lâchement concerté
Contre Mazarin & sa fuite:
A l'espreuue de vos chansons,
De vos vers en mille façons
Il lit vos Sentences friuoles,
Cent Arrests d'ici, de Bourdeaux,
Et tout chargé de vos pistoles
Il se mocque de vos rondeaux.

Le Gentil-homme François.

A voir ta mine basanée,
Et tes sens de crainte esbays,
On iuge bien de ton pays
Et de ta perfide lignée;
Tu portes le front d'espion,
Mais si tu romps ma question
Par vne autre seconde instance,
Tu pourrois bien en peu de iours
Fumant le pied d'vne Potence
Seruir de pasture aux Vautours.

Ceux de ta nation funeste
Ne seront plus les bien venus,
La France les hayra plus
Que le poison ou que la peste:
Dépouillez plus nuds que la main,
Pendus du soir au lendemain,
Chacun rauy de leur supplice
A chaque moment ira voir
Si dans la Gréue on fait iustice
Ou bien à la Croix du Tiroir.

Le Venitien.

De grace honneſte Gentil-homme
Apprenez dans mon entretien
Que ie ſuis moins Sicilien
que vous n'eſtes natif de Rome.
Seulement ſans vous emporter,
Prenez le ſoin de m'eſcouter
Et vous verrez dans vn memoire
Minuté par des bons eſprits
Tout l'entier ſubiet de l'Hiſtoire
Que vous meſme auez entrepris.

I'ay couru l'vn & l'autre Pole,
I'ay veu deux fois tout le Leuant,
Si ie ſuis deuenu ſçauant
Ce n'eſt pas au fond d'vne eſcole:
Mes Cheueux ſont deuenus gris
Par le grand trauail que i'ay pris,
Ma dexterité ſans eſgale
A découuert le beau ſecret
De la pierre Philoſophale,
Et du mouuement ſans arreſt.

Tout ce que l'art & la nature
Ont de beau, de rare & d'exquis
Mes plus grands ſoins me l'ont acquis
Les autres l'ont par la lecture.
I'agis par pratique & par art,
Ie n'expoſe rien au hazard:
Ie treuue dans ma medecine
La gueriſon des plus grands maux
Par les herbes, par leur racine,
Ou par la Chair des animaux.

Peau de Lezard, souuerain remede pour le haut-mal.

D'vn Lezard la peau marquetée
Ie conserue depuis long temps,
Ie le surpris dans le Printemps
Presque aussi-tost qu'il l'eust quittée.
C'est le remede du haut-mal,
Mais cét enuieux animal
Sçachant par l'instinct de nature
Qu'il est souuerain aux humains
Le deuore, en fait sa pasture
Pour le rauir d'entre nos mains.

Sans medecine & sans oppiate
Ie gueris la fiebure en deux iours,
En trois mots i'arreste le cours
De mal de poulmon, ou de rate.
La goutte, le farcin des yeux
Sont les maux que i'ôte le mieux;
La guerison de la grauelle
Est vn effet de mes onguens,
Et d'Eymeri le Particelle
S'en estoit pourueu pour vingt ans.

Belle remarque.

Mal de Colique Nephretique,
De Reins, de Ventre, d'Estomac,
(I'ay la boëste de Cotignac
Mais c'est pour la Dame impudique)
Mal de Naples depuis vingt ans
Ie le gueris dans vn Printemps:
La blanche & la noire magie
Et l'art de rappeller les morts
(Sans pourtant leur rendre la vie)
Est vn de mes moindres efforts.

Pour

Pour éterniſer mamemoire
Par vn beau ſecret inuanté
Ie monſtre vn miroir enchanté
Que i'ay formé ſur le grimoire.
Enfin ie ſuis maiſtre de l'art
Quoy qu'habillé comme vn pendard;
Et pour en faire experience
Ie vous monſtre pour deux eſcus
Cet art de gaigner à la chance,
Au Hoc, à la Prime & au Flux.

Le Gentil-homme François.

Qui m'ameine cet Empyrique,
Ce vieux Charlatan deguiſé?
Vrayement il eſt bien aduiſé
De m'eſtaler ſon art magique;
Va fripon, ſupoſt des demons
Va t'en haranguer ſur les pons,
Couper la bourſe ſous la Iuppe
Ou bien ioüer des gobelets
Croirois tu me prendre pour duppe
Et m'attraper dans tes filets.

Ie croyois qu'il me d'euſt inſtruire
De quelque nouueau ſoubriquet,
Mais i'ay bien veu dans ſon caquet
Qu'il ne tendoit qu'à me ſeduire:
C'eſt vn gueux, vn pauure indigent
Qui ne butte qu'à de l'argent;
Il a la boüeſte de Pandore,
Et les drogues de Tabarin:
Quoy que s'en ſoit voyons encore,
S'il ne connoiſt point Mazarin.

Le Venitien.

I'ay parcouru dans l'Italie
Tout le pays Venitien,
Le Genois, le Ligurien,
Auec toute la Romanie,
Lorette & le Mont-Auentin,
Le plus beau du pays Latin,
La haute & la basse Sicile,
Tous les villages, tous les bourgs,
Ie sçay le nom de chaque ville,
Et celuy mesme des faux-bourgs.

I'en puis discourir par routine,
Et sans paroistre des plus vieux
I'ay reconnu tous ses ayeuls,
Et ceux dont il prit origine.
Son pere fut vn assassin;
Et son ayeul par vn larcin
Dans Castro meritant la Corde
A Genes eut esté conduit,
Si par où la grand-mer aborde
Il ne se fut sauué de nuit.

On croit que ce fut par l'intrigue
D'vn batteleur Egyptien,
Qui par l'art de magicien,
Brisa les portes d'vne digue;
Ainsi dans cét heureux moment
Il euita le chastiment
De ceux qui pour vn crime atroce
Souffrans mille tourmens diuers,
Meurent dans vne basse fosse
Mangez des serpans & des vers.

Son fils ne fut pas moins coupable,
Lors que par vn assassinat
Il fallut qu'il se retirast
De Genes, comme vn preuostable;
De ce lieu, d'où il est natif
Il se sauua sur vn esquif
Dans vne ville de Sicile;
C'est Mazare d'où Mazarin
A pris son nom suiuant le stile
D'vn Postillon, où d'vn faquin.

Et quittant le nom de sa race
Funeste & par trop odieux
Par les crymes de ses ayeuls
En reprit vn autre à sa place.
L'à son pere tousiours meschant
Leua boutique de marchand
Qu'il a du depuis exercée; *Chapelier.*
Et Mazarin pour tout party,
Trouua sa main si bien versée
Qu'il fut valet de Sachetti. *Cardinal Sacheti.*

I'ay connu Porcini son pere,
Qui sous vn front fier & hagard
Porte tous les traits d'vn pendard
Que la pauureté desespere
Orgueilleux, superbe, arrogant,
Son nez camus vilain, morgant
Fait parroistre encor dans son ame,
Qu'il fut capable du forfait;
qui le destinoit à la rame
Du moins s'il n'eust esté deffait.

Description des vespres Siciliennes.

Il m'auoüa que ses ancestres
Ont tousiours hay les François
Et que dans Naples autrefois
Vn deux estoit parmy ces traistres,
Qui seruoient les Napolitains
Au iour qu'ils tremperent leurs mains,
Dans le sang de vostre noblesse
Où lors qu'ils estoient moins gardez
Par ses Conseils & son adresse
Huit mille furent poignardez.

Tout ce que vostre oreille escoute
Nous l'apprenons de pere en fils,
Ie sçay (dit-il) le iour prefix
De cette sanglante deroute.
Depuis ce glorieux iournal,
Qui fut à tant d'hommes fatal

Italie cemetiere des François.

On appelle nostre Italie
Vne mer, vn funeste escueil,
Ou cette nation polie
Fait rencontre de son Cercueil.

Naples pour lors estoit aimable
N'eust esté le ioug du François
Qui par ses insolentes loys
Rendoit ce lieu desagreable:
Le meurtre n'estoit point vangé,
Le bourgeois estoit enragé
De voir qu'il enleuoit sa femme
Et sans qu'il osast dire mot
Le traitoit de b::::::::, d'infame
De fou, de cornard & de sot.

Enfin

Enfin ſa mort fut concertée,
Toute la ville fut d'accord
Qu'il valoit mieux ſouffrir la mort
Que de viure ſi mal traitée.
De mon ayeul les bons aduis
De point en point furent ſuiuis:
Cependant ſur cette entrepriſe
Dans le vin & parmy les plats,
Sans leur deſcouurir ſa ſurpriſe
Il viuoit auec les ſoldats.

Vn iour que leurs chef par meſgarde
Plus fiers, plus beaux & plus muguets,
Sans crainte qu'on fut aux aguets
N'auoient point redoublé leur garde;
Chacun viuoit en ſeureté
A cajoller quelque beauté,
Et lors que l'amour les tranſporte
Le bourgeois ſort de ſa maiſon
Et ſe ſaiſiſſant d'vne porte
Eſt maiſtre de la garniſon

Les François appellez Crapaux par les Eſtrangers, à cauſe des anciennes armes de France.

D'abord la fureur & la rage
Arment ſes mains de gros Couſteaux
Et criant la mort des Crapaux
Il cherche les lieux du carnage:
Il ne reſpire que le ſang,
La grande Eſgliſe eſt vn eſtang
Plus rouge que n'eſt l'eſcarlatte,
Et les Correfours pleins de Corps
Semblent la grotte d vn pirate
Qui ſe paiſt de la chair des morts.

Enfin acharné ſur ſa proye
Pire qu'vn Lion tout ſanglant,
Il fait vn rauage plus grand
Qu'autrefois on ne fit dans Troye,
Et le ſoldat du vieux Gregeois
Fut moins cruel que ce bourgeois,
Qui renouuelant ſa furie
Dans l'enceinte de ſes maiſons
Fit vn eſtrange boucherie
De ces deux nobles garniſons.

Des François & des Suiſſes.

Porcini dans cette iournée
Se ſignala par ſes exploits
Il fit mourir plus de François
Qu'il ny a de iours dans l'année:
Là tous leurs efforts furent vains,
Là dans le ſang des plus hautains
Il porta ſes deux mains fatales;
Et pour l'apprendre par autruy
Vous pouuez voir dans nos Annales,
Comment elles parlent de luy.

Il eſt certain, & ie l'auoüe
que le fer de ſon bras puiſſant,
En fit trepaſſer plus de cent
Qu'on trainoit apres dans la boüe:
Et briſant là ſon entretien
Il fut (dit-il) Sicilien,
Sa famille eſt des anciennes;
Si iamais on vous fait recit
De vos Veſpres Siciliennes
Racontez tout ce que i'ay dit.

Esmeu d'vn discours si funeste
A peine pouuois-ie le voir,
Et neanmoins sans mesmouuoir
Ie luy dis d'acheuer le reste :
Il se teust s'en plus discourir,
Et moy fasché iusqu'au mourir
D'auoir escouté ces allarmes,
Mon cœur fut saisi de regret,
Et mes yeux tous moüillez de larmes
Que i'allay repandre en secret.

Le Gentil-homme François.

Vrayement vostre discours m'estonne,
Et ie vous demande pardon,
De vous auoir donné le nom
Decette nation friponne,
Ha ! qu'on ne connoist pas à voir
Vn homme qui à du sçauoir,
Et quoy que sa science esclatte
Il est sous des meschants habits,
L'ignorant est sous l'escarlatte
Tout chargé d'Or & de Rubis.

Sans interrompre vostre hystoire
Et vostre agreable entretien,
Souffrez que i'estale du mien
Vn trait bien digne de memoire,
Si les ayeuls du Cardinal
Autrefois nous firent du mal
En massacrant nostre noblesse,
Leur fils nous en fait plus souffrir
Lors que sous main & par souplesse
Il tasche à nous faire mourir.

Il a deserté nos Prouinces ;
Aux champs on y meurt à milliers,
Prend les biens des particuliers
Sans mesme espargner ceux des Princes.
Enfin il veut perdre l'Estat ;
S'il n'à le nom de Potentat
Du moins il tient le diadéme ;
C'est vn Tigre , c'est vn Dragon
C'est vn Ciclope , vn Polipheme,
Vn Tyran de fait & de nom.

Mais obligez moy de reprendre
La suitte de vostre discours,
Ie serois les nuits & les iours
Sans m'ennuier de vous entendre :
Vostre esprit n'a rien inuenté
Sur le point de sa paranté,
Chacun sçait bien quel fut le pere
De ce grand inuenteur du Hoc.

Le Venitien.

Vous sçaurés connoissant sa mere
Toute sa race & son estoc

C'estoit la done Caballine
Qui fut belle femme en son temps,
Elle pouuoit auoir vingt ans
Quand ie la connus dans Messine,
Vous dire son extraction,
Sa naissance, sa nation
Seroit vn subiet de risée,
Elle auoit plus d'vn fauory
Et cent autres l'auoient baisée
Auant que d'estre à son mary.

Estant

Estant par l'hymen asseruie
Soubs le ioug de cet Artisan
Elle eut tousiours vn Courtisan
Au gré des plaisirs de sa vie:
Si de l'arbre on iuge du fruit
Voyez celuy qu'elle a produit,
Et sans demantir le prouerbe
N'esperez pas au renouueau
Ny bon suc d'vne mauuaise herbe
Ny bon œuf d'vn meschant Corbeau.

Il fut meschant toute sa vie:
Dés l'aage de cinq ou six ans
Nourry parmy des Artisans
On le vit enclin à l'enuie;
Son pere par trop indulgent
Souffroit qu'il iouât de l'argent
Au Berlan, au Flux à la Prime
Et par là son esprit ioüeur
Receut la teinture du crime
Plustost que celle de l'honneur

Beaux enseignemens donnez à Mazarin par son pere Porcini.

Mazarin (luy disoit) son pere
Escoute mon fils, m'a leçon
Aprens à faire le poison
Du corps venimeux d'vn vipere;
L'arcenit est trop violent,
Celuy-cy plus foible & plus lent
S'empare du cœur & le tüe,
Et cachant l'autheur du forfait
Le malade en vain s'euertuë
Il meurt tout pasle & tout deffait.

Retiens de moy cette maxime,
Et dont ie ne puis m'oublier,
Si l'honneur ne peut s'allier
Auec ton bien, recours au crime.
Tous ces ſcrupuleux ſont des fous,
Ils meurent de faim à genoux,
En recitant leur pate-noſtre;
Soit en beuuant, ſoit en mangent,
(Pour moy ie n'en connois point d'autre)
N'adore que le Dieu d'argent

La Religion eſt la ruſe
De la police des Tyrans,
Par là le peuple craint les grands
Sous ce grand eſclat qui l'amuſe.
Dans ton ordinaire traffic
Sous l'œil cruel d'vn Baſilic
Porte le cœur d'vn Crocodile;
Pour appuyer ton intereſt,
Courtray Ne crains point de perdre vne ville
Ouuertement, ou en ſecret.

Il eſt ignorãt. Sans te ſoucier de doctrine
Apprens de bon heure à piper,
C'eſt le moyen de s'eſquiper
Et de faire bonne cuiſine:
Si tu veux deuenir ſçauant
Fay plier ton eſprit mouuent
Aux changemens de la fortune,
Suy touſiours la faueur des grands
Si quelque mal'heur t'importune
Tu les pourras prendre à garands.

Pour de l'argent ſers de Mercure,
Porte hardiment le poulet,
Et ne fains point d'eſtre valet
De ces nourriſſons d'Epicure.
Apprens l'art de te faire aymer
Des femmes, & pour les charmer
Sers toy de quelque caractere:
Aime touſiours la nouueauté,
Et ſans te rendre tributaire
Fais fortune par ta beauté.

Bien loin de ton pays auare
Et de ta baſſe extraction,
Pourchaſſe vne autre nation
Voy la plus douce & la plus rare;
Le François paroiſt fort humain;
Là tu pourras faire ta main;
Cette nation eſtrangere
Entre toutes, me plaiſt le plus,
Qu'importe qu'elle ſoit legere,
Pourueu qu'elle ait bien des eſcus.

Garde enfin toutes mes paroles,
Fuy la fortune des guerriers,
Te veux tu charger de Lauriers?
Ne fais la guerre qu'aux Piſtoles.
Ainſi tu pourras ſans erreur
Regir l'Eſtat d'vn Empereur,
Ainſi tu ſeras habille homme:
Va, ie te ſouhaite la Paix
I'eſpere qu'vn iour dedans Rome
Tu me baſtiras vn Palais.

O Dieu ! qu'elle friponnerie,
Qui vit iamais vn tel Docteur ?
Il luy monstra l'art d'imposteur
Dont il vsoit pendant sa vie.
Cet esprit desia vicieux,
Se laissant esbloüir les yeux
Par l'espoir de cette apparence,
Resolut d'ennoblir son sang,
Et pour ce dessein vint en France
S'esleuer dans le premier rang.

Le Gentil-homme François.

Il est vray qu'au Siecle ou nous sommes
Bien peruers & bien corrompu ;
Ie ne crois pas qu'on ait connu,
Ny pû voir deux plus meschans hommes.
Et quoy que ie sois affligé,
Vous m'auez si fort obligé
Que faisant de vous grande estime,
Ie veux estre de vos amis,
Et vous crier mercy du crime
Que par mesgarde i'ay commis.

Le Venittien.

Qui pour lors estoit le Cardinal Pamphilio à presāt Pape sous le nom d'innocent, X.

Afin que rien ne vous eschappe,
Ie vous descris l'assassinat
Dont ce plus qu'infame Prelat
Fit mourir le nepueu du Pape,
Mais differons iusqu'à demain
Vous l'aurez entier dans la main.
Adieu, mon braue Gentil-homme
Apprenez moy vostre logis.

Le Gentil-homme François.

C'est au ieu de Pâume de Rome
Tout contre le petit Paris.

Tout bas

Tout bas.

Mais c'eſt plutoſtau pied de Biche
Proche de la Croix du Tiroir :
Son eſprit propre à deceuoir
Eſt à craindre qu'il ne me triche.
quoy que s'en ſoit il eſt ſçauant
Veſtu comme vn moulin à vent
Il raconte bien vne hyſtoire,
Demain ie ne manqueray pas
De tirer de luy ce memoire
M'en d'euſt-il couter vn repas.

Fin du premier entretien du Gentil-homme François auec le Venitien.

A MONSIEVR D. P. SVR SON HISTOIRE.

SONNET.

Veritable François, dont la plume ſçauante
Nous deſcrit vne Hyſtoire auec de ſi beaux vers
Que tu peux obliger mille peuples diuers;
Permes moy de loüer ta peinture viuante,

La moindre des couleurs en eſt fort eſclatante,
Les trais fort bien tirez, & ſagement couuers,
Si bien qu'on ne peut mieux nous depeindre vn peruers
Qui fut grand ſeulement par ſa vie inſolente.

Lecteur, qui que tu ſois, il te faut aduoüer
Qu'on ne peut pas aſſez, ny dignement loüer
L'admirable ouurier de ce parfait ouurage.

Ny que le digne obiet de ſon iuſte couroux
Ne trouuaſt vn ſecond baniſſement plus doux
Que de tous ſes deffaux cette naïfue image.

P. D. L. G.

www.ingramcontent.com/pod-product-compliance
Ingram Content Group UK Ltd.
Pitfield, Milton Keynes, MK11 3LW, UK
UKHW020530230726
13925UKWH00005B/2267